현대시 세계 시인선 172

백령도 표류기

이다영
시집

백령도 표류기

이다영
시집

도서
출판 북인

늘 바다가 그립다
그리워 찾아간 바다는
내 그리움의 대상들을 일깨워주곤 했다

난 그것들 앞에서 속수무책이다
그 안에서 지금 바다는 더욱 찬연하게 빛나고 있다

언제부터인가 마음이 다가오는 사람을 만나면
무엇이든 선물을 주고 싶다
선물을 받는 순간 그에게 펼쳐질
환하게 열리는 말로는 표현하기 어려운
그 순간의 느낌은 내게도 온다

선물처럼 인생도 시도
잔잔한 물결이기를

2024년 입추에
이다영

차례

1부

중독

일터의 한 동료는
영화에 빠져 있다
주변 사람들이 모르는 얘기들을
흥분하면서 곧잘 풀어놓는다
다른 동료에게
새로 나온 커피를 권유하자
난 매일 같은 것만 마셔

전 재산을 팔아
백만 송이 장미로 사랑을 얻으려 했던
화가는
사랑의 중독일까
허상의 중독일까

지금 나는
새로운 중독에 빠지려 하나
늪이다
아무것에도 빠질 수 없는
생생한 맨정신의 늪이다

시인

가끔
누군가가 나를
시인이라고 부른다
정말 그런가

벌써 며칠째
한쪽 다리가 불편한 비둘기 한 마리
버스 정거장 근처에서
날지 못하고
절뚝거리며 사람들 사이를 오간다
내 맘이
내 시의 마음이 저런 것은 아닐는지

오지에서 살다
주변에 다른 집이 이사 오면
더 깊은 오지 속으로 들어가는
한 가족이 있다
들어서면
길과 햇볕에 맞게 집을 짓는다

내 맘이 자주 그 가족을 따라
시의 오지 속으로 들어가는 날
혹, 내가
안성맞춤 시인으로 조각될 수 있을까

봄날 같은 겨울날

　남극의 펭귄은 영하 오십 도를 견디고 있다 수백만 마리
가 무리지어 서로의 등에 기대면 맨 가운데 펭귄 자리 온도
는 영상 3도까지 오른다고 그러면 그 주변의 펭귄들은 밖으
로 나와 가장자리에 있는 동료와 자리를 바꾼다

　그 모습만으로도 아름다운 겨울이다

　남극으로부터
　일만칠천이백사십 킬로미터 거리에 있는 서울로
　펭귄의 따뜻한 마음이 전해와
　혹한의 크리스마스이브
　봄이 온 듯 따스함이 몰려온다

　그 온기 속에
　몸과 맘이 사정없이 녹아내리고
　햇살 반짝반짝 빛나는
　또 하나의 겨울날이다

돈다

며칠째, 아침에 눈을 뜨면 천장이 돈다 꽃무늬 벽이 돈다 바닥이 돈다 빙글빙글 돈다 옆으로 누워도 소용없다 일어나면 바로 고꾸라진다

병원을 찾았다 내과에서 피검사는 양호했다 산부인과에서는 여성호르몬에 문제가 있다고 한다 이비인후과에서는 이석증이라 한다

얼마 전, 무선 물걸레 청소기를 샀다 살살 돌리면, "왜, 왜" 하는 소리가 들리고, 힘을 주어 돌리면, "왜요, 왜요" 하는 소리가 난다

이석증의 귀로 듣는 걸까
여성호르몬 부족의 몸이 느끼는 걸까

돌려지고 싶지 않은데, 조용히 앉아서 명상이나 하고 싶은데 세상이 자신을 끊임없이 돌리는 것에 대한 노여움의 표현일까

싱그러운 나뭇잎들이 바람에 순응하듯 펄럭이는 모습을 보며 슬그머니 청소기를 내려놓는다

치수

한때
시 없이는 죽을 것만 같던 때가 있었다
한때 사랑 없이는 죽을 것만 같던 때도 있었지만

그러나
그러한 순간도
현실을 이겨내지는 못했다

착잡한 심정은
사랑도
시도
마찬가지다

오락가락하는 세월 속에
커피 향을 끊임없이 찾아헤매던
바리스타
시가 안 되는 날
내 인생에 시인이 적합한지 알고 싶어
짚어본 명리학 해석
인간의 심리를 탐구하다 얻은

심리상담사

그러다 요즘 새로 만난
캐드
모든 사물은 치수로 잉태한다

치수로만 명쾌한 존재를 알리는 도면을 볼 때마다 느껴지는
삶의 흔적 또한
캐드처럼 자리매김해 나간다는 현실

십 년 후
또는
그 이후
나는
캐드 속 하나의 풍경이 될지도 몰라

아무리 생각해도 카푸치노

자주 가는 카페가 있다
주문대 앞에 서서
메뉴를 훑어보고 난 뒤
주문은 늘 카푸치노다
오늘은 카페 직원이 한마디 거든다
카푸치노만 드시나봐요

일탈이랄까
힐링이랄까
인생의 고비 정도에 오면
생소한 분야의 강좌를 들을 때가 있다
그때도 내 자리는
구석지고
사람들 눈에 잘 띄지 않는
끝나고 나갈 때 휭 하고 사라질 수 있는
그런 자리가
늘 내 자리다

사랑이란 걸 처음 배울 때
마음은

아무리 생각해도 카푸치노였다
그 다음쯤일까
다다음쯤일까
카푸치노를 바꿀 때가 있었다

그리고
바람 불고
눈이 오고
비 내리며
흘러간 세계

카페는 변함이 없고
메뉴는 더욱 다양해지고
주문대 앞에서
아무리 생각해도 카푸치노
아무리 생각해도 그대

백령도 표류기

섬은 온전하다

첫째 날, 발 묶인 우리 일행을 포근하게 감싸안아준 건 안개였다 안개로 인해 출항할 수 없음에도 안개는 말없이 우리 주변에서 서성거렸다 일행은 모두 말이 없다

둘째 날, 안개는 펜션 주변까지 다가왔다 집과 집 사이의 간격을 가늠하기 어려웠다 안개 속을 걸었다 가끔씩 나타나는 건물 사이로도 안개는 치고 들어왔다 안개 속의 나를 안개도 찾기 어려웠을 것이다

셋째 날, 안개가 길 끝 사잇길로 조금씩 빠져나가는 듯하더니 비가 내리기 시작했다 그 길을 붙잡고 나는 또 걸었다 드문드문 자리잡은 웅덩이들이 안개와 비를 고스란히 안고 있어 걷다 돌고를 반복한다

넷째 날, 밤새 펜션 지붕을 때린 비바람 소리에 비바람처럼 눈 떠 있었다

다섯째 날, 가이드는 오늘 배가 뜨지 못하면 올라오는 태

풍으로 삼 일을 더 기다려야 한다고 말했다 일행들의 눈빛
이 변하기 시작했다 온전하지 않았다

　여섯째 날, 안개와 비와 바람이 살갑게 반기고 사람들은
무기력증과 싸웠다 더러는 욕도 허공에 던져 비바람의 무
게를 더했다

　일곱째 날, 기도했다
　더 이상 쓸데없는 욕심부리지 않고
　일상의 소중함을 깨닫고
　하루하루 감사하며 살아가겠다고
　이곳에서 나가는 순간부터

　다음날, 네 시간의 항해에 대비해 김밥 한 줄과 멀미약을
준비하고 여객선 대합실로 갔다 한 명씩 배에 오르고 어느
때보다 천천히 김밥을 씹으며 꿈결처럼 인천에 도착했다
무섭도록 강한 햇살이 섬과 섬에서의 모든 기억을 단칼에
베어냈다 기도마저

　섬은 변함없이 온전하다

백수의 꿈

배추에서 벗어나
안락한 김치로 태어나는 것
이것이 배추의 꿈이라면
취업준비생의 꿈 역시
그로부터 벗어나는 일이겠지

드디어 백수가 됐다
백수의 꿈이 꼭 백수로부터 벗어나는 일이 아님을
백수가 되고 나서 알게 되었다
내가 지켜야 했던 그 모든 규율의 올가미가
앞마당에 널브러져 쉬고 있다
그것들과 다시는 만나고 싶지 않은
꿈, 꿈 같은

저들과 팽팽하게 맞서
정신과 육체의 가시로부터 벗어날 수 없었던
오랜 날들
이제 뽀얀 살들이 그날들에 저항하고 있다

해 지고

앞마당에도 어둠이 내려앉는다
전언처럼
어쩌면 새로운 형태의 가시들이
백수의 삶을 조롱하며
나는 또 그 역할에 충실하게 될 것이다
느린 속도로 저 깜깜한 하늘에 풋별 하나
띄워야겠지

그렇게 한밤이 가고 있다

주인

'빈대떡 먹는 날' 주인은
매일 빈대떡을 부친다
'까꼬뽀꼬' 주인은
남의 머리를 날마다 볶고 자르고
'Bhc' 주인은 치킨을 튀긴다

겨울이면
하늘 주인은 가끔
눈발을 터뜨리고
밤이면
별들을 줄 세운다

'천하대장군' 점집에서
사람들은 복이 뚝 떨어지는 점괘를 기다리지만
점집 주인은 속으로 그럴 일은 없을 거라고
생각은 하면서도
말로는 주는 척한다

'백만송이꽃 화원'에서
주인도 받지 못했을 백만 송이를 내게 전해줄

그리운 이를 기다리는
오래된 습관이
오늘도 나를 이 세상의 주인이게 한다

또 밤이 오고
새벽이 오면
객이 된 주인들의 노래가
어제처럼 들려올 것이다

시간의 동굴

한겨울에 섭씨 20도
따뜻한 해변을 뒤로 하며
옥천동굴에 들어섰다

지상에 닿으려는 열망이
그 오랜 세월에도 멈추지 않고
뾰족한 끝이 허공에 머물러
오직
한 곳을 향해 달려가고 있다
셀 수 없을 정도의 종유석들

그러나
땅 위로 내려앉은
그것들에는
뚜렷한 표정이 없다

그토록 강렬했던 열망의 끝에 선
허무의 몸

내 전생의 영혼 한두 마디

미완의 생으로
그곳 어디엔가
머물러 있을 수도

그런 생각으로
몇 억만 년의 시간을 밀어
동굴 밖 빛 속에 닿는다

동생

동생이 단기 기억상실증 진단을 받았다

한때는
그야말로 잘 나가서
늦깎이 공부하던 언니
대학 등록금이며 생활비며
가끔 마시는 술값도 대주었다

그 덕분에
나는 아직 그런 증세 없이
건강검진에서 매우 우수한 성적이다

인생은 돌고 돈다 하지만
이쯤에서
더 이상은 돌지 않았으면

결론을 못 내리는데
동생에게서 전화가 왔다
엄마 이름이 갑자기 생각이 안 나네

삶은 희극일까

비극일까

인간사 人間事

토요일 오후, 거리는 조용했고, 4인용 식탁 하나 있는 분식집에서 국수를 시켰다 옆 손님들의 이야기가 식탁을 건너왔다 매일 술을 마셔서 배가 나와 걱정이라는 얘기, 얼마 전 남편이 하늘나라로 갔는데 평생 알코올중독으로 툭하면 밥상을 엎고 술병을 깨서 죽여버리겠다고 들이대고 열에 일곱 번은 죽기 직전까지 밀어붙이던 그런 남편이었는데도 그래도 곁에 있을 때가 나았다고 잠시 숙연해져서 대화가 멈추기도 하던 그런 점심 식사 후,

오랜만에 만난 시동생 부부와 저녁을 먹는데 오기 전부터 시작된 부부싸움이 더 커지고 중학생인 아이들은 일부러 게임에 몰두하고, 식당 안의 사람들은 저마다 바람 부는 날의 풍경처럼 흔들렸다 텔레비전에서는 겨울을 준비하기 위해 나뭇짐을 지고 물을 건너는 여인들이 사는 인도의 한 마을을 보여주고 있었다 그때 두 사람의 목소리가 더욱 커져 텔레비전 속의 나뭇짐을 진 여인들이 위태위태해지고

얼마나 살아내야
외로움이
죽음의 위협보다 큰 것임을

깨달을 수 있을까
꽃비 분주히 내리는
어느 봄날
식당 앞 잔디 위로
하염없이 바람이 분다

점검시대

아침 출근길
스마트폰의 충전 상태를 점검하며
미세먼지 농도도 빠뜨리지 않는다

버스 정거장에 도착하자마자
노선을 확인하고
가장 빠른 길을 선택한다
일터에 도착해서는
업무의 순서를 포스트잇에 적는다

그러다 덜컥 순서에 어긋난
점검이 들어온다
매일매일 점검으로 시작해
점검으로 끝나는 나의 일생을 점검하기도

점심 즈음
한 식당에 들어가
식당에서 주문한 밥이 나오기를 기다리며
수저의 위생을 점검한다

일이 끝나
스마트폰으로
나와 같은 행동을 하는
복제된 이들의 행렬 속에서 빠져나오면
집에 도착이다

오늘 하루 점검이 잘 이루어졌는지를
불면과 어둠에게 또 묻는다

아버지의 무말랭이

아버지는 무말랭이를 유난히 잘 말린다
맑고 투명하다
겨울이면
무말랭이와 양파껍질과 파뿌리
마늘껍질 말린 것들을
차 마시듯 끓여 마셨다
덕분에 감기도
추위도 잘 비켜가곤 했다

그런 겨울을 셀 수 없이 보냈다

그리고 올 겨울
그 호강을 누리지 못한다
대신 요양병원 한 침상
무말랭이처럼 말라버린 아버지 손가락들
추억만을 건져올릴 뿐이다

유난히 가구를 잘 만들었던
나까오리 이씨
젊은 날의 아버지다

꼼꼼하고 섬세한 손으로
가구 만드는 일 대신
무말랭이를 만들던 노년의 아버지
즐겨 쓰던 나까오리 모자가 혼자 쓸쓸하다

희망

아버지 가시고
엄마 홀로 지내는 나날

엄마의 빈 동굴을 무엇으로 채울까

오늘도 보낸다
아버지와 함께였을 때 좋아했던
단팥빵, 순대

엄마는 그것들로 위안이 될까

십이월
급한 발걸음
어쩌면
아버지가 계신 그곳을
재촉하는지도 몰라

난 또 보낸다
대봉 4~5kg

엄마는 그 무게만큼
아버지에 대한 그리움을
그럭저럭
메울 수 있을는지

엄마가 알 수 없는 또 하나의 시절이
십이월 깊은 밤을 맴돈다

2부

제습기 사용법

내 몸의 진료를 끝낸 의사는
습이 모여 비만을 키우고 있다고 한다
더러는 습이 모여 신경계의 이상을 키우고
지금은 습 때문에 곤두선 각성을 누그러뜨리는
약을 복용하고 있는 중이다

일어나서 한 번
자기 전에 한 번
상한 감정의 찌꺼기들을 들추어본다
질퍽이는 생의 장애물들을
내 몸 제습기에 걸러낼 수 있다면
삼십팔 도 더위 아래서도
지치지 않고 깊은 여름을 건너는 법을
헤아릴 수 있으리

세리박에서 클레오파트라까지

　박세리가 맨발 투혼으로 거머쥔 우승컵이 전 세계에 방영되고 복도를 지날 때마다 세리박, 세리박, 세리박으로 별명 아닌 별명이 만들어진 때가 있었다 그때 내 헤어스타일은 짧은 커트에 굵은 웨이브

　그로부터 꽤 긴 세월이 흘렀다 내 헤어스타일도 많은 변화가 왔다 그리고 일터에서 들려오는 헤어스타일에 대한 평가는 클레오파트라

　어쩌면 좋을지 몰라 거울을 보고 보고 또 보았다

　국민에게 힘을 실어주었던 박세리의 이미지는 내게도 힘을 불어넣었다 그런데 클레오파트리의 탕녀 이미지를 어떻게 넘길까 그러다 생각해본다 사랑에 모든 것을 바치고 스스로 독사에 물려 죽은 치명적인 사랑에의 헌신 말이다 그처럼 멋진 사랑의 완성이 또 있을까 내 생에서는 꿈도 꿀 수 없는

　방송에서는 비가 올 거라고
　며칠째 기상캐스터가 외쳐도

비는 아직 오지 않고 있다

오지 않는 비를 기다리며
낡은 비디오방에서 홀로
클레오파트라를 만나고 있다

엑스터시

가지무침을 하려고 파를 썰었다
파의 향기가
온몸으로 퍼져가는데
나는 움찔, 엑스터시에 빠졌다

파는 자고로
도를 닦는 사람들에게
경계의 대상이라는 말을 실감하는 순간이었다
나는 도를 닦는 사람이 아니니까
괜찮아, 하며
파 한 개를 더 썰었다
엑스터시,
여지없이 다가왔다

가지 세 개 무치는데
파가 가지보다 많아졌다

내 생에
엑스터시를 가져다준 사람은
큰 상처도 가져다준 기억을

파는 아는지 모르는지
파 향에 사로잡힌 저녁
밤 앞에서 고개를 갸웃거린다

인생

3주 만에 집에 돌아왔다 오자마자 냉장고 문을 열었다 채소들이 담겨 있던 싱싱고에 난리가 났다 감은 형체는 알아볼 수 없지만 색은 매우 유혹적인 노란 빛 그대로이다 호박은 구석구석에 검은 꽃이 피고 가지는 쪄낸 지 오래된 것처럼 몸과 물이 따로 논다 양파는 고약한 냄새를 풍기며 오래 자기를 외면한 섭섭함을 드러냈다

그것들을 하나하나 들어올리며 생각한다 내 몸이나 마음 어딘가에 저렇듯 단단했던 것들이 물러지고 상한 것들로 변해가는 과정을 지켜보는 것이 삶의 여행은 아닐는지 바닥에 흥건하게 널려 있는 물기들을 행주로 닦아내며 또, 깨닫는다 언젠가는 나의 육체도 거대한 우주 속, 한 줌 물컹거리는 물체로 사라질 것임을

아기자기 함께 자리잡고 있었던 채소들의 빈자리를 보며 한 생이 끝난 후 다가올 무無에 대한 생각으로 창가에서 노닐던 바람의 소멸을 찬찬히 들여다본다

그 겨울의 기억

영하 십이 도

세탁기에서 쏟아져 나온 물이 타일 바닥을 넘어 김치냉
장고가 있는 바닥까지 진입했다 설마했던 하수구통이 이미
얼어버렸다 맨발로 물을 퍼서 화장실에 갖다버리기를 수십
차례

맨발로 맛보는 영하 십이 도의 촉감
오래 전 겨울을 불러온다

결혼 한 해 전, 그해 겨울 오일간의 한파는 보일러와 변기
의 작동을 멈추게 했고 해빙이 되면서 한밤중에 변기가 오
작동이 됐다 나는 혼자 밤새도록 변기의 오작동과 싸웠다
그날 결혼 결심을 했다

안녕! 지독한 겨울

새댁

얼마 전에
한 할머니가 그러신다
새댁 같다고
누가요?
나란다
어디가요?
얼굴이
얼굴 어디요?
피부가 그렇단다

진짜 새댁 때도
듣지 못한 소리

새댁 같음이란 무엇일까
누가 한마디만 해도
부끄러워하는 낯빛!
무엇을 해도 실수투성이라
늘 긴장됨!
그러함으로 상기된 얼굴!
뭐 이런 것들이라고 정의해보면서

그날 해가 저물어
쉽게 오지 않는 밤까지
새댁으로 살았다

다시는 오지 않을
새댁! 같음이여!

그리고 오늘 다시
거울을 본다
오른쪽 눈 밑에는 새댁을 이기고 살아남은
기미 몇 쌍이 함박웃음이다

지리산에서의 아침

　그야말로 몇십 년 만에 고등학교 동창들을 만났다 얼굴
도 기억나지 않는 친구도 더러 있어서 설레는 마음이 산자
락에 가득하다 몇몇은 지리산에 벌써 적응이 되어 시금치
를 뜯고 버섯을 따고 더덕을 두드리고 있었다

　긴 세월은 추억을 퇴색시키지 않아 서로가 하나도 변하
지 않았다고 밤 늦도록 서로의 삶의 언저리들을 들여다보
고 새벽안개도 우리의 이야기를 거들어 집 앞까지 자욱했
다 아침 준비를 하느라 감자를 썰고 고사리도 볶고 배춧국
도 끓이고 모닝커피도 만들었다

　열어놓은 창 저편에는
　동양화 한 폭이 펼쳐 있고
　그림 속에는 빈 가지마다
　안개가 가득하다

　친구들이 말한다
　시인은 아무것도 하지 말고
　시나 한 편 쓰란다

시인 대접이 이리 좋을 줄이야
지리산 덕분이다

칼국수 쌀국수

노안이 왔다

일평생 안경하고 친구하지 않겠다고
맹세한
그 시점을 알 수는 없지만
불청객은 오고야 말았다

컴퓨터나 책을 볼 때는
더 없이 환한 세상을 보여주지만
깜빡하고 돋보기를 쓴 채 일어서면
세상은 굴곡이다
순간 노선 이탈이다

그래서 마트에 갈 때는 벗어놓고 간다
그러던 어느 하루
쌀국수 몇 개를 샀다

타이밍에 맞춰
보채는 공복을 달래며
두세 번 젓가락질을 했는데

국수가 이상하다

그제야 뚜껑에 적혀 있는 국수의 이름을
자세히 본다 칼국수

이 헷갈림은 눈만이 아닌 걸
오후 내내
소리 없이 내리는 눈발들 사이로
쌀국수와 칼국수가
서로 길을 잃고
우왕좌왕
또 한 살
불어나는 나이테 언저리에서

생일선물

또다시 맞은 생일

이러저러한 축하를 받았다
다금바리 안주로 한 잔 술도
풍광 좋은 카페에서 차 한 잔도
최남단 해안도로를 돌기도 했다

살아온 날들이 그럭저럭 괜찮은 것이었다고
전쟁 같은 날들도
희미해져버리는 생일날이라고
오늘은 행복한 생일날이라고
또 한 번 스스로를 달래는 날

이박삼일의 제주 여행을 마치고
집에 돌아와서
또 저녁 준비를 하는데
남편이 던지는 한마디
죽을 때까지 같이 사소

처음 듣는다

몇십 년 만의 생일선물

깊고 긴 노여움도
길고 깊은 서글픔도
잠시 사그라드는
식탁 주변으로 몰려오는
선물 잔해들

이불을 꿰매며

한 십 년
세탁기에 넣고 돌렸더니
여기저기 시접 사이가 벌어졌다
볼품없는 솜씨로
한땀 한땀 떠가는데
다 끝내놓고 보니
마음이 걸어온 길이다

마음을 다한 곳은
매끈하게 매듭 지어지고
흐트러진 순간은
꿰맨 자국도 그렇다

상처를 다듬는 것처럼
바느질하는 순간은 매번
거룩했다
하지만 요즘 세상
바느질할 일이 드물어
상처도 꿰매기 어렵다

그런대로
공사가 끝난 이불을 펼쳐놓고
내 삶의 지도를 덧대어본다
꿰맨 자리들
더러는 굳은 열매로
더러는 열꽃으로 상기되어 있다
지나간 날들과 올 날들이
한 이불 위에서 시소를 탄다

달자의 웃음소리

　우리가 만난 건 인생의 끝자락을 바꿔보겠다고 등록한
한 사설학원에서였다 밤 열 시가 훨씬 넘어 수업이 끝나면
버스 타는 일이 만만치가 않아 우리는 정류장까지 있는 힘
을 다해 뛰기가 일쑤였다

　그때마다 들려오는
　달자의 웃음소리
　우리들 걸음 위로 포개지고
　까르르 깔깔깔
　물방울이 튀는 듯했다
　서너 시간 동안의 책상 앞 피로도
　허공으로 날아올라
　지상에 웅어리진 모든 것을 털어냈다

　버스에 오르면
　잠시 멈춰지는 웃음소리
　그래도 여운은 남아 버스 안에서
　자장가처럼 나를 부축이고
　까르르 깔깔
　까르르르

하늘로 날아오른다

웃음소리 하나로
해묵은 상처도
조용히 자리를 내어준다

추억의 힘

스물일곱 스물셋에 결혼하여
아흔하나
여든일곱이 되었다

맥박이 30으로 줄어
심박기를 단 아버지 옆에서
어머니는 간단하게 소망을 말했다
"한 십 년만 더 있어주면 좋은데…"

그로부터 이 년 전에는
어머니가 뇌출혈로 입원하고
아버지가 똑같이 그렇게 말했었다

철없던 아버지는
결혼식을 올리고 첫 달에
월급봉투 대신
달랑 자기 양복 두 벌을 사갖고 들어오셨던,
월급봉투를 고스란히 가져오기까지는
꽤 오랜 시간이 걸렸다 한다

자식 하나 가슴에 묻고
눈물도 묻었던 그날엔
인천 공설 화장장에서
자기들 심장을 함께 태우고
지금쯤
갠지스강가 어디쯤 떠돌지도 모를
딸의 영혼을
이제는 추억의 자리에 옮겨놓았을지도

그 힘으로
덜컹거리는 목숨의 풍경들이
입원실 한 켠에서
지루하게 맴돌고 있다

애인들

나는 아직 어머니보다 엄마가 좋다
아버지한테는 아빠라고 불러보진 못했다
그런 세월 속에
아버지는 구십칠 세
엄마는 구십삼 세
아버지는 이 년 넘게 누워 계신다

낮에는 요양보호사가
밤에는 엄마가
아버지의 애인이다
서로 지지 않으려고
최선을 다해 애인을 섬긴다

아버지는 애인들만 알아본다
나는 동생이라 하고
동생을 나라고 맘대로 바꾼다

엄마 역시 몸져누워 있지만 않을 뿐
보조기에 의지해 보행한다

그런 어느 날
아버지는 백 세까지 끄떡없이 살 거 같아
반짝이는 엄마의 눈동자와 함께 반짝이던
엄마의 말

엄마가 너무 힘들잖아
차마 그 말은 못했다

스물일곱
스물셋에 만나
칠십 년

엄마는 아버지가 그렇게 좋을까

연근을 졸이며

오래 전 교통사고는 내 무릎에서 젊음을 쏙 빼갔다 성한
사람들과 다른 무릎으로 지상을 누비며 가끔 겸손도 배운
다 다리 아픈 사람 앞으로 뛰어가는 일은 삼갔다

차츰차츰 나아지는 무릎의 모양새가 한 걸음 더 나아지
기를 기원하며 모든 정성을 기울였다 그 중에 하나가 연근
조림이다 내 무릎을 새 무릎으로 부활시킬 수는 없지만 가
장 가까이 갈 수 있게 한단다

연근은 지금 양념 속에서 서서히 자태를 바꾸고 있다 그
딱딱한 몸이 부드러워지기까지 불과 물과 물엿이 연근의
성깔을 건드리지 않았다 연근 나름의 겸손한 몸짓인가 내
무릎으로 가는 길이 순해질 듯

연근을 졸이며 또 한 번 생각한다
생의 마지막 순간에 그 모든 것을 연소함으로써 피어날
한 송이 꽃을

엄마

몇 년을 더 부를 수 있을까

괜히 마음이 초조해져
일부러 일을 만들어 전화를 한다

오늘 주제는 오이지

엄마가 평생 담갔던 오이지 방식을 깨우치지 못했다
인터넷 레시피대로 재작년부터인가 만들어보지만

내가 만든 오이지를
남편이 무공해로 가꾸었다고
무공해를 강조하면서 자랑하듯 보고한다

네가 만든 오이지는 다 맛있어

엄마는
내가 보여준 삶도 다 맛있었을까

엄마에게 보낼 오이를 꾹꾹 눌러대며
눈물도 꾹꾹 눌러댄다

3부

우울 방정식

모락모락
슬픔이 또 올라온다

바람 부는 토요일 오후
거리는 사람들로 붐비는데
그 증후군이 전염병처럼 또 번지기 시작한다
피는 대책 없이 말라들어가고
심장은 전에 없이 쪼그라들고
우울이 온 바다에 넘쳐
넘실거리는 물결로 하루를 점령한다
도망칠 곳 없는 흔들리는 눈
건물과 건물 사이
낙하하는 것들만 바라보고 있다

오래된 그 병은
도시 한복판에서
작은 소리조차 내지 못하는 육체를 이끌고
어디로 가려하는 것일까
차곡차곡
그림자만 쌓인다

생명

아랫집에 사는 이장이 장닭을 잡아왔다 백숙을 만들어 먹고 남은 살들을 개에게 먹이려 뼈들을 발라낸다 혹시라도 내가 잘못 준 닭뼈가 목에라도 걸릴까 두려워 조심스럽게 작업한다

손으로는 뜯고 눈으로는 모바일로 뉴스를 읽는데 닭살을 뜯던 손이 멈칫!

대출을 받아 집을 산 사십대 가장이 아내와 아이 둘을 살해하고 분신했다 대출이자를 도저히 갚기 어려워 선택한 한 가정의 몰락 아내와 아이들에게 따뜻한 아랫목을 선물하고 싶었던 그 가장의 마음이 너무 아파 하던 일들을 모두 멈추었다

생명을 위해 생명을 버린 것이다

생명을 위해 또 한 생명을 희생해야 하는 순환이 방금 내 손끝에서도 진행 중이다

눈치

언제부턴가 냉장고의 눈치를 본다

급한 마음에 문을 열어둔 채 돌아서면 꼭 지적을 한다 처음에는 무신경한 채로 넘어가곤 했는데 다시 닫을 때까지 계속해서 웅얼거리니 제대로 닫고도 다시 한번 돌아본다

그 때문에 이제는 다른 기계들이 뭐라 말하는지 집안에 홀로 있을 때면 신경을 곤두세우게 된다 눈치는 사람끼리만 주고받는 건 줄 알았는데 기계가 눈치를 줄 줄은 몰랐다

오랜만에 만난 한가한 일요일 오후
냉장고 문을 열었다 닫았다를 수십 번
구석구석 청소도 하고 이런저런 음식도 만들어본다
그러면서 계속되는 눈치
양파 꺼내고 뒤돌아보고
마늘 꺼내고 뒤돌아보고
깨소금 꺼내고 뒤돌아보고

냉장고는 언제쯤 내 눈치를 볼까

오늘 저녁 메뉴는 눈칫밥이다

노고단

수고로움으로 이루어진 제단

연애 혹은 결혼 같은

동행한 한 부부팀의 아내가 차를 타기만 하면 멀미를 한
다 그때마다 남편은 평소 배워둔 수지침으로 아내의 손에
압봉을 하고 증상이 완화될 때까지 손을 꼭 잡고 있다

또 한 부부 여보, 여보 끊임없이 아내는 남편에게 스스로
해결 못하는 것들을 부탁한다

계절은 일어서서 바람에 날리는 낙엽들의 여행에 보는
이의 시선이 멈춰 있고 행락객들의 가을 이미지에 대한 찬
탄은 계속된다

하산 끝 무렵 그 중 한 아내가 내게 말한다 우리 부부는
하루도 거르지 않고 싸우며 살아

노고단의 의식은 계속되어야 하나보다

아픈 곳을 들여다보는 일

주안역사 앞, 젊고 눈빛이 살아 있는 남자와 죽지 않은 혈기만으로 버티는 듯한 노인네 서너 명 그리고 가는 다리가 휘어져 보행조차 불안해 보이는 여자가 어울려 막걸리를 마신다 여자는 술에도 대화에도 관심이 없다 허공만 멍하니 쳐다본다

남자들은 열띤 토론의 장이 익숙한 듯 쉬지 않고 이야기를 주고받는다 저렇듯 열심인 삶인데 노숙이라니 여자의 이부자리는 아직도 한밤이다 막걸리병은 그들의 삶이 쓰러지듯 거침없이 내팽개쳐진다

요즘 나의 일상은 하루 걸러 병원이다 몸의 여기저기가 아픔으로 말을 건다

역사마다 흔하게 자리잡고 있는 풍경들 지나칠 때마다 마음이 흔들리는 건 예나 지금이나 같다 원치 않는 생의 주인공이 되기까지 마구잡이로 튕겨지고 갈라졌을 영혼의 조각들 그 끝에 자리잡은 거리의 이름 없는 번지의 주인들

내 몸의 아픔을 들여다보는 일과 세상의 아픔을 들여다보는 일이 우연처럼 겹쳐지며 또 병원 문을 연다

그 많던 그리움들은 다 어디로 갔을까

신촌역사에 표를 파는 사람이 없다
추석에 고향 가는 기차표를 사러왔다가
헛걸음
서울역으로 가는 차를 기다리고 있다

청바지에 멋진 모자를 쓴 아가씨도
블루 톤의 원피스를 입고 의자에 앉아 있는
중년의 여자도
그 옆의 초등학생도
너나없이 스마트폰에 의지해
기차를 기다린다
모두 고개를 숙이고 있는 그들을 바라보며
스마트폰이 없던 시절
기차를 기다리던 때를 떠올린다

구월의 바람이 살짝
가슴을 스치면
정체를 알 수 없는 설레임으로
흔들리는 코스모스에 마음을 모두 놓아두기도 하고
꽃잎들 위로 어른거리는

얼굴들을 마냥 떠올려보기도 했었다

이젠
꽃도
사람도
떠올리기가 어렵다
그 많은 그리움은 다 어디로 갔을까

운양동 사진관

열린 문으로 들어오는 바람이 따뜻하다

겨울과 봄이 적당히 섞여서
번갈아 몸을 드러낸다
전화가 왔다

여보세요? 거기 영정사진 찍죠?
여기는 부동산사무실입니다
아, 그래요 이상하네

잠시 후,
여보세요 사진관 아니에요?
아닌데요
여기 운양동인데 영정사진 찍는 데 알아봐주실 수 있죠
예?
예
잠시만요 전화 끊지 마세요

여보세요
운양동에 인생네컷 사진관 전화번호 알려드릴게요

받아적으실 수 있으세요
네

잠시 후, 또 전화가 온다
잘 안 들리시면 문자로 보낼게요

저, 문자가 안 왔는데요

다섯 통의 전화가 오고

그러시면 잠시 기다리고 계세요
사진관에서 할아버지께 전화를 드리라고 할게요

사진관에 자초지종을 말하고 전화번호를 전했다

나도 임종 사진이 필요할 때쯤
잃어버린 기억력으로
무작위로 돌린 휴대폰 주인에게
저와 같이 같은 말을 반복하는 순간이 오게 되지는 않을는지

따스한 봄햇살이
미지의 한 노인에게
작은 선물 하나를 들고 찾아온 것일까
문을 더욱 활짝 연다

지루한 그 여자

다른 버스들은 씽씽 달리는데
그녀가 탄 버스만 유독 지루하게 달린다

언제이던가 삶이 그 버스처럼 달리던 날 드럼을 배우기
시작했다 빠른 비트에 손이 따라가지 못하고 드럼만 빈자
리에 남았다 수 년이 지나고 서재 한 귀퉁이에 기타도 조용
히 서 있다 또, 몇 년 뒤 그룹 피아노 세팅 앞에 앉아 있다
건반을 두드리며 그 버스를 생각한다 버스는 느린 속도의
멜로디를 한 꼭지씩 일러주기도 했다

삶의 지루함 속으로 들어오는
유쾌한 악기들이
저마다의 변주곡을 들려주는 날
그 여자
푸른 올리브 향기로
우뚝 서게 될지도

봄이 갔다

초등학교 6학년 아이가 아파트 13층에서
투신했다고 한다
전교에서 일이 등을 다투고
반장을 하며
인성검사에서도 아무런
문제가 없었던 아이

며칠 전 다녀온
남산 백일장대회
초등학교 6학년 남자아이가
글을 쓰다 말고 쉬고 있었다
왜 그러냐는 내 질문에
그 아이는 어떻게 글을 써야 하는지
평론가 못지않게 잘 알고 있었다
그러나 아이의 글솜씨는 실패한 봄이었다

이론에 허덕이다
맞춰지지 않는 현실 앞에서 괴로워하는
두 아이의 모습이 클로즈업 되었다

내 삶의 논리를
나도 잘 알지 못한다
문득 알아차릴 때
나도 그 아이들처럼 끙끙거린다

한 문장의 봄이 또 갔다

무료 행복

이천십오 년 삼일절은
코리아나컨벤션 웨딩홀에서
마흔넷의 한국 총각 박덕식과
스물네 살 베트남 신부 투이의 결혼식 촛불이
활활 타오르는 날이었다

투이의 친정어머니와
시어머니가 맞절을 하는데
시어머니는 귀가 어두워
친정어머니는 우리 말을 알아듣지 못해
맞절이 늦어지고
신랑 신부 맞절도 그와 비슷했다
주례 선생님의 신랑 신부를 위한 주례사는 계속 이어지는데
신부의 답답한 속마음이 내게로 와
내 눈이 자꾸 발등에 떨어졌다

행복 쪽으로 내딛는 첫걸음
말을 뚫고
마음을 뚫고
영혼까지 뚫어야만 하나가 되는 길

얼마나 걸어야 거기까지 갈 수 있을까

갈 길이 있어 더욱 안심되는
길 위의 두 사람
그 깊이를 헤아리기라도 하듯
탁 탁 탁
폭죽이 터졌다
얽히고설킨 색종이 타래가
투이의 눈물인 듯 눈가에 잠시
그리고
구에서 제공한 무료 결혼식은 끝났다

그곳으로

그대가 건네준
쓸쓸함으로
가을의 문이 열리고 있습니다

바람도
비도
뜻밖의 안개도
헐렁한 걸음걸이의 뒷모습을
약속처럼 보여줍니다

다시 비가 내립니다
이렇게 비가 내리면
마음은 한없이
그 강가로 향합니다
물과 더불어
물처럼
경계 없이

그대와
이 가을의 쓸쓸함을

모두 걸러내는
그곳으로 가고 싶습니다

그때쯤이면
생의 넓이와 깊이도
가볍게 새털처럼
작은 바람에
물결 위로 사뿐히
날아 앉을 것입니다

함정

그녀는 어제도 그제도
정성을 다해 타인의 몸을 다듬었다

일터에서 숙식을 해결하며
스물네 시간 대기 중이다
그녀의 손 안에서 손님들은
몸의 건강과 마음의 위안을 얻는다
아무리 힘이 들어도
찾아오는 손님을 포기하지 않았다

자신의 이름으로 간판을 걸고
마사지숍을 세상에 내놓는 일을 완성하기까지
모든 에너지를 다 바쳤다

오십 중반은
그 모든 바람이 이루어지기 바로 전

그런 어느 날 다가온
뇌경색 앞에서 그녀의 모든 것이 무너졌다

그 함정은 그녀 생의 어디쯤일까

힘 빠진 왼쪽 수족이
쉽게 올라올 수 없다는 듯
더 깊이 늪 속으로 가라앉는다

갈라파고스

갓 태어난 바다사자는
두려움이 없다
탯줄이 잘리자마자
어미젖을 문다

갈라파고스 게는
사람들의 발소리가 가장 큰 시련이다
그 시련 가운데서 열심히
먹이를 찾는다

두려움이 없다는 것
무엇이든 할 수 있다는 것

안개비가 슬쩍
그들의 두려움을 감싸준다
그래서 다시
세상은 평온해졌다

내게 붙어 있는 두려움들이
저 안개에 갇히기를

갈라파고스
바다사자가 도로 위에 누우면
차는 피해간다
나를 피해가는 두려움의 천적들도
그곳에 함께 있다

곡소리

들어서자마자 들려오는 곡소리에
순간, 나도 모르게 당황했다
장례식장에서 언제 곡소리를 들었던가

근래에 내 곁을 떠나간 사람들을 떠올려본다
몇몇 친인척의 자연사
가까웠던 사촌의 극단적 선택
한 다리 건너편의 생전에 만나 보지도 못했던 이들
그들의 명복을 기원하러 들렀던 장례식장
끝내 듣지 못했던 곡소리
오늘 들었다

당연히 들어야 했을 그 소리가
요즘엔 왠지 낯설다

이유를 따져본다는 일이
합당하지 않을 거라는 생각과
세상 모든 일이
조용조용히 변해가는 이 시대에
죽음도 울음도 그렇게 조용조용히 진행하는가

깊어가는 소멸 속에
떨어진 잎들도 소리 없이 밀려나는
비 오는 일요일

핏줄

옆자리 남자와 여자

둘은 각각의 휴대폰으로
검색을 시작한다
근처 맛집을 한참 배회하다
서둘러 자리를 뜬다

구립도서관 자율학습실
휴대폰 충전대
줄줄이 늘어서 있는 주인공들
때가 되면 어김없이 수유하는
그것 없이는 연명이 어려운
날들

스마트폰의
스마트폰에 의한
스마트폰을 위한
지구의 어느 오후

충전대 위의 전선들이

지구의 핏줄인 듯
도도한 모습으로
세상을 관찰하고 있다

4부

슬픔의 무게

슬픔보다 더 무거운 것이 있을까

바다 한가운데서
슬픔을 건져올리려 애를 쓴다
바다보다 무거워서일까
쉽게 잡히지 않는 그것을
나는 조용히 맛본다
비릿하기도 하고
시큼하기도 하고
물컹거리며 형태없이 다가오는 그것을
어렵게 어렵게 끌어올리다
또 놓치고 만다
어이없는 씨름에
해는 지고

오늘도 슬픔은 가시지 않아
또 한밤이
어제처럼 지나가고 있다

뫼비우스의 띠

파리 한 마리
사흘 동안
집 안에 들어와
밖으로 나가지 못하고
떠돌고 있다

내 삶도
우주의 어느 한 공간에서
이처럼 떠돌고 있으리
차마
잡을 수가 없다

문 열어도 나가지를 않고
숨어 있다 나타나곤
나타났다간 다시 숨고
잊을 만하면 또다시 찾아온다

미물과 사투를 벌이는 이 순간이
어쩌면 내 전생과 현생
내생까지도 건

싸움일지도 모르지
결코 끊을 수 없는

지울 수 없는
내 한 생生이
겨울 한나절 또 의미 없이
진행되고 있다

각

옆자리 선생님의 학생 포트폴리오는
한 치의 오차도 없이
삼십 개가 똑같은 각으로 서 있다

저렇듯 각을 세우고 산다면
목이 성할까 싶기도 하고

꿈틀거리며 늘 일해야 하는 장기들이
사표를 쓸 것이고
음악을 들을 때마다
움직여야 하는 온몸의 감각들이
얼마나 고통스러울까 싶기도 하다

흔들리며
덜컹거리고
섞이면서 다시 태어나
삶의 새 형식이 온다

아픔도
기쁨과 버무러지면

각이 둔화되어
어느덧 다른 고통 속으로
스며들 것인가

내 심장과
감정의 칵테일을 모르는 채
옆자리 선생도
서른 개의 포트폴리오도
오늘도 나를 향해
각이 선 채로 인사한다

밥

요 몇 년 사이
남편 밥량이 눈에 띄게 줄었다
뱃살을 빼기 위해서라고는 하지만
고봉으로 담아도 왕성했던 소화력이
점점 떨어지는 신호이다
밥을 조금 더 얹어달라는 말이
그립다

이 세상에
영원한 것은 없다
밥도
사랑도
우정도
몸도

한 이십 년쯤 후를
추측해본다
그 밥량만큼 쇠잔해 있을
인생과
건강과

주변의 사람들

집 앞 찻집에서
식은 커피 몇 모금으로
이십여 년의 시간 사이를 오가며
오늘의 슬픔을 든든하게 챙겨야 함을
새삼 깨닫는다

낙엽의 온도

낙엽들이 제 갈 길을 갑니다

어쩌면 나도 그 길 위에 머물 수 있을까요 열정 따라 꽃 피우던 것들을 하나씩 살펴봅니다 봄 꽃송이마다 머물렀던 따뜻한 시선과 뜨거웠던 마음 위로 흔들리던 눈동자, 그 끝에 멈춘 가슴의 온도를 기억합니다 지금, 그것들이 한 몸짓으로 낙엽을 따라갑니다 다시는 돌아올 수 없는 시간들이 보내는 마지막 미소를 새겨봅니다

새벽의 뚜껑을 열 때마다
나를 맞이했던 안녕들
이제는 멀리 보내야 합니다

앞차가 전진하며 떨어뜨린
낙엽 몇 송이가
커다란 눈물은 아닌지요

예전의 낙엽은 차가운 거로만 기억했는데
올해의 눈물은 따뜻할지도 모르겠습니다
한 번도 보내지 않은 마음의 편지 몇 통도

그와 같을 것입니다

낙엽이 우르르 몰려가고
추억이라는 팻말을 든 시간들이
또 어딘가로 먼 길을 떠나나봅니다

달인

이십대 청년 두 명과 클라이밍 강습을 받는다 강사의 설명이 끝나면 한 명씩 실습을 한다

난이도가 높은 지점에서 정말 할 수 있을까 망설여진다 한 발 한 발, 마지막 홀드를 어렵게 짚고 결승점에 도달한다

낯선 골목길을 찾듯 홀드를 잘 읽어야 한다 지상에서 멀어질수록 몸이 느끼는 희열은 황홀하다 삶도 그런 것은 아닐는지

그 승리감을 안고 승승장구 기세로 집에 도착했다 티비에서는 한 달인의 소개가 이어지고 있다 빌라 중개 달인

부동산사무실을 개업한 지 한 달 반이다 그렇다면 지금 나는 클라이밍 쾌감에 빠져 있을 때가 아니다 빌라든 아파트든 상가든 어느 한쪽에 달인이 되어야 하는데 스피드, 리드, 볼더링에 귀가 솔깃하다

창문을 열고 바람을 받아안는다 가을바람이 가져다준 설렘과 악수한다 아무래도 나는 업業의 달인이 되는 일은 어려울 것 같다

작가와 술

그 깊은 바다로 들어가는 일은
노인과 바다와 더불어
헤밍웨이를 바라보는 일이며
개츠비를 낳은 피츠 제럴드를 만나는 일이다
살아 있던 날들을
매일매일 알코올로 도배했던 이들

신선한 바람이
도시를 설레게 한다
이 아침 또 바다에 닿고 싶다
쉬지 않고 다가오는 물결은
닫히지 않는 생에 대한
감정의 포말이다
또, 형체 없는 그리움에 싸인다

빛처럼
새처럼
날아드는, 저 깊음 속으로
잠시 내가
사라지고 있다
알코올처럼

프라하성의 고독

천 년을
고독 속을 누벼온 돌들이
서로 붙어 있다
돌들을 만지는 내 손이
적막하다

사람들이
돌에게 말을 걸어보지만
돌아오는 건
바람 불어도
움직이지 않는 낯빛

성 앞에서
자유를 외치는 한 노인네의 어깨 위로
잠시 새가 지나가고
또다시 침묵이 지나가고

프라하성
맨 꼭대기부터
별들이 하나, 둘

웅얼거리고
또다시 돌들은
캄캄한 시간 속으로
몸을 감추고 있다

꿀맛

친구가 가져다준 쑥개떡을
아카시아꿀에 푹 담가
한 입 넣는다
흔히 말하는 꿀맛을 실감한다

방송에서는 혼자 산에 오르는 여자를 성폭행하려다 실패
하고 급기야는 살인을 하고만 한 남자의 현장검증이 진행
되고 있다 현장검증을 보기 위해 모인 사람들이 아우성을
쳤다 범인의 얼굴을 보게 해달라고

형사들이 잠시 그렇게 했다 남자의 얼굴을 그렇게 보기
를 원했던 그 사람들은 꿀맛을 보았을까

남자는 눈물을 흘렸다
꿀맛을 보려다
완전히 다른 맛을 보아야 하는
그 남자의 한 생이
내 꿀맛을 앗아가는 순간이다

인생이란

꿀맛과는 거리가 멀다는 걸
또 한 번 깨닫는 순간이다
서기 2016년 아카시 흰 꽃 피는 오월에

립스틱의 반란

한 손에는 립스틱을 한 손에는 빨래 세탁기를 돌린다 세탁기 돌아가는 소리 윙윙 들으며 급하게 출근한다 세상은 세탁기 속 빨래처럼 섞이는데 대선 후보들의 공약은 더더욱 그러했다 거리는 1번부터 5번의 선거유세로 소리와 소리가 섞여 그 끝은 윙윙윙윙, 윙윙윙윙

진실의 공약은 누구의 어떤 내용인지가 자꾸 궁금해졌다 그 소리를 들어야 선택할 텐데 말이다 혹시나 해서 점심시간을 이용해 함께 밥 먹는 사람들의 얘기를 들어보았다 그들의 얘기도 허공을 맴돌고, 때마침 새 한 마리 깍, 깍, 깍 저 소리는 진실이 아닐 수 없다

점심을 먹고 이를 닦고 립스틱을 찾는데 아침에 들고 나온 립스틱이 보이질 않는다 가방을 다 털고 작은 보조가방들도 구석구석 다 뒤져도 립스틱이 나오질 않는다 빈 입술로 오후를 보내며 될 수 있는 한 목소리를 작게 냈다

퇴근 후, 세탁기를 열어 빨래를 너는데 빨래들이 심상치 않다 붉은 물이 여기저기 들었다 오후를 빈 입술로 빛나게 해준 립스틱이 딸려나온다 아, 진실은 그렇게 세탁기 빨래

속에서 충실하게, 온몸으로 흰 속옷들을 붉게 물들이고 있
었다

　이 세상 어딘가에서 나도 모르는 사이 내가 찾는 것들이
숨죽이며 뭉개지고 있을 것 같은 오월 어느 한나절, 세상의
세탁기는 또 쉽게 돈다

남부터미널 새벽 풍경

우리토스트, 뉴욕 핫도그 앤 커피, 잔치국수, 우동집이 나란히 있다 나는 뉴욕 핫도그 앤 커피에서 카푸치노를 사고 대형 텔레비전에서 경주 재난지역 선포 뉴스를 본다 이어서 금융노조 총파업 돌입 자막에도 눈길을 준다 대합실 공용좌석 문구가 붙여진 식탁에 앉아 커피를 마신다 느릿느릿한 몸짓으로 어제를 닦아내는 청소 할아버지 콧잔등으로 커피 향이 살짝 옮겨간 듯 할아버지의 작은 몸이 잠시 멈췄다 그 할아버지를 위해 내 짐을 옆으로 옮기기도 하는데 양손에 든 짐을 주체하지 못하는 한 아주머니가 걸어온다

커피가 반쯤 남았다 가을이 올락 말락하고 토스트 굽는 냄새가 진해져 오고 시곗바늘은 여섯 시를 향해 가는데 나의 일행은 아직 오지 않는다 거창행 표 두 장이 내 손 안에서 만지작거려질 때마다 잔치국수집 의자에는 손님이 붙어난다 걸음을 제대로 걷지 못하는 어르신이 지팡이에 의지해 가까스로 대합실 의자에 앉고 내 잔 속의 커피는 바닥이 났다 등산복 차림의 젊은 여자 몇 명이 유유히 대합실을 빠져나가고 대형 텔레비전에서는 전 산업은행장 구속 여부 오늘 결정 자막이 흐른다

저만치 있는 가을이 살살 신호를 보내는 창가의 바람 속
에 터미널 새벽은 어제인 듯 미래인 듯 늘 그렇게 흔들리며
다가온다

폭락

아픈 몸이 아픈 마음을 따라다닌다 아니
마음이 몸을 따라다니는 건가
이유도 모르고
오랜 세월 함께했다는
증표 하나로

아주 쉽게
이박삼일 편하게 지내고
붙여진 관절 내시경 꼬리표
서너 달이면 줌바댄스 출 거라고
그렇게 기대했던

삼십이 개월이 지난 요즘
아직도 계단이 두렵다
언제나 이십대일 거라는 망상이
폭락하는

부동산 폭락보다 무서운
내 무릎의 폭락을 겪으며
모든 것이 무서웠던 시절과

아무것도 무섭지 않은 시절이
빛과 어둠으로 남아 있다

남원

춘향이와 이도령의 고향
남원에 왔다
그들의 사랑이 진짜라고 여겼던 때
내 사랑도 그랬고
그들의 사랑이 픽션이라고 느끼기 시작할 때
내 사랑도 그랬다

남원역 바로 앞
사랑의 포토존에는
단단한 쇠로 만들어진 춘향이와 이몽룡이 서 있다
한 몇백 년은 너끈히
이들의 사랑은 변하지 않을 것이다
혹시나
내 사랑도 그들의 사랑에 전염되지 않을까 싶어
열심히 사진을 찍는다

내일이면 삭제될지도 모를
몇 장의 사진을
스마트폰 폴더 속에 넣고
내 가슴 어딘가에 꾹 눌러앉혔다

남원역에 그때의 바람이 분다

스켈레톤

한국 선수가 금메달을 땄다
어쩌면 이 시대의 속도감은 아닐는지
이 세상을 빠져나가는 길이 저리 빠를까

겁이 많은 나는
빙판길만 나타나면
걸음을 멈춘다
오금이 저려와 발을 떼지 못한다
죽음으로 가는 길이 저와 같다면
그 길을 어찌 갈까
스켈레톤 경기를 보는 내내
그 생각을 한다

휴대전화가 처음 나왔을 때
망설이기만 하는 내게 동생이
그것을 사다가 내 손에 쥐어줬다

영화 〈신과 함께〉를 보며
저승의 이미지를 그려보았는데
그곳도 속도가 너무 빨라

내게는 버거운 세상일 거라는

그래도 언젠가는 가야 할 곳
새해 첫날에
생과 사를 오가는 듯한
스켈레톤 빙판을 보며
평생 얼음 위를 걸어가듯 조심스러운
내 한 생을 반성해보기도 한다

소식

첫눈이 왜 그렇게
극성맞게 왔는지
따지면서 시작된 술자리
첫눈이야 우리가 그렇게 따지는 이유를
알 리 없지만 마음은
첫눈을 그렇게 맞이하고 싶지 않은 걸
늘 소리 없이 다가와
이유 없이 안타까워
더욱 감싸주고 싶었다
그런데 우리의 선입견에
마구잡이로 돌팔매질하듯
약해진 내 심장을
칙칙 긁어대며 상처를 낼 뿐이었다
술자리가 끝날 즈음
부고를 들었다

아!
그런 이유가 있었다는 걸
그리하여 생긴 첫눈의 소요를
생과 사의 소통이

그렇게도 오고 가는 것을
눈 그친 뒤 다가온 밤의 정적이
깊은 바람 속에서 듣고 있었다

삶의 순환과 멈춤, 그리고 슬픔의 무게

김정수/ 시인

인간은 자신이 짊어진 '인생의 무게'만큼 견디며 살아간다. '인생'도 버거운데 '무게'까지 더해진 이 말은, 삶은 '희극'이 아닌 '비극'이라는 전제가 깔려 있다. '인생'이라는 저울에 올라서는 순간, 비극의 서막이다. '삶의 저울'에 올라선 후에는 '무게'라는 말에 눌려 여간해서는 희극이 들어설 여지를 주지 않는다. 무게의 한계를 벗어나면 그 삶은 이미 비극의 정점이다. 하지만 신神은 인간이 견딜 수 있는 무게만큼의 시련을 준다고 했다.

인생은 희극과 비극이 교차하거나 끝날 것 같지 않은 비극의 연속에서도 정도의 차이와 그 속에서 작은 희극을 발견하기도 한다. 비극 속의 희극이다. 인식하기에 따라 '비극도 희극이, 비극도 희극이 될 수 있다'. 희극과 비극은 고정되어 있지 않고 교차한다. 희극이라고 좋아할 일도, 비극이라고 낙담할 일도 아니다.

『끝없는 길 위에서』(등대지기, 2013) 이후 11년 만에 두

번째 시집 『백령도 표류기』(북인, 2024)를 출간하는 이다영 시인도 "인생은 돌고 돈다"(이하 「동생」)라고 하여 희극과 비극의 순환적 속성을 수긍하고 있다. 하지만 교차나 순환이 멈추면 "삶은 희극"보다 "비극"으로 무게 중심이 급격히 기울어진다. 희극과 비극, 그 순환의 멈춤에는 "이쯤"이라는 막연한 지점(나이)이 제시되는데, 그 중심에는 "단기 기억상실증"에 걸린 동생이 존재한다. 장기 기억상실이 옛날 기억을 부분적으로 잊어버리는 것이라면, 단기 기억상실은 바로 전에 일어났던 일을 기억하지 못하는 증상이다. "엄마 이름이 갑자기 생각이 안 나"는 것이 동생의 비극이라면, 이런 동생을 지켜봐야 하는 것이 언니의 비극이다. 비극을 내재한 가족사에는 시인 자신의 건강과 가족도 포함된다.

교통사고로 무릎이 안 좋고(「연근을 졸이며」), 이석증과 여성호르몬 부족으로 어지럽고(「돈다」), 몸이 습해져 비만해지고(「제습기 사용법」), 불청객처럼 노안이 찾아오고(「칼국수 쌀국수」), 우울증이 하루를 점령(「우울 방정식」)하는 등 나이가 들면서 신체적·정신적 변화를 겪는다. 또한 무말랭이를 만들던 노년의 아버지(「아버지의 무말랭이」)가 2년 넘게 아파 누워 있다가 돌아가시고(「애인들」), 아픈 남편을 돌보다가 홀로 지내는 엄마(「희망」)를 곁에서 지켜보며 안쓰러워한다. 그런 엄마도 세월의 무게를 견디지 못하고 2년 전 "뇌출혈로 입원"(「추억의 힘」)한다. "밥량이 눈에 띄게 줄"(「밥」)어든 남편과 "몇몇 친인척의 자연사/ 가까웠던 사촌의 극단적 선택"(「곡소리」)도 존재하는 등 만만찮은 현실과 "삶의 흔적"(「치수」)이 역력하다.

한 사람의 인생/일생에는 일상 가운데서 일어나는 여러 일, 즉 인간사도 상존한다. "외로움이/ 죽음의 위협보다 큰 것임을"(「인간사人間事」) 아는 나이가 된 시인은 받는 기쁨보다 주는 행복을 선택한다. '시인의 말'에서 밝혔듯이 "마음이 다가오는 사람을 만나면/ 무엇이든 선물을 주고 싶"어한다. 그 선물을 받은 사람의 기쁨이 자신에게 돌아오는 "순간의 느낌"에서 행복을 느낀다. 시인은 그 "선물처럼 인생도 시도/ 잔잔한 물결이기를" 염원한다. 그 물결에는 진정한 사랑을 원하는 심리와 아득한 슬픔이 서려 있다. "쉬지 않고 다가오는 물결"(이하 「작가와 술」)에 낯선 곳으로 떠나는 여행은 "닫히지 않는 생에 대한" 감정이지만 실체가 없는 그리움이다. 진정한 사랑에 대한 희구와 그리움, 슬픔의 배후에는 삶의 방향을 바꾼, 지금까지 펼쳐보지 못한 삶이 숨겨져 있다.

시인은 잔잔한 물결이 이는 물속에 숨겨놓은 이야기를 담담히 들려준다. 화창한 어느 오후, 곁에 앉은 한 지인에게 조곤조곤 살아온 이야기를 풀어놓는 듯하다. '한 생의 반성' 같은 삶에 귀를 세우다보면 어느새 가슴이 촉촉해지고 눈시울이 붉어진다. 시인이 경험한 "모든 것이 무서웠던 시절과/ 아무것도 무섭지 않은 시절"(「폭락」)로 돌아가 시인이 손수 그린 "삶의 지도"(「이불을 꿰매며」) 속을 여행해보자.

인생의 고비 정도에 오면
생소한 분야의 강좌를 들을 때가 있다
　　　　　　　　　　　　　　─「아무리 생각해도 카푸치노」 부분

우리가 만난 건 인생의 끝자락을 바꿔보겠다고 등록한 한
사설학원에서였다
—「달자의 웃음소리」 부분

인생이란
꿀맛과는 거리가 멀다는 걸
또 한 번 깨닫는 순간이다
—「꿀맛」 부분

인생은 미완성, 인생은 아름다워, 인생무상, 삶은 고통,
인간사 새옹지마 등 인생/삶에 대한 정의만큼 다양한 것이
또 있을까. 인생은 탄생부터 죽음까지 정해진 구간을 걷는
여행자와 같다. 내가 서 있는 곳이 곧 현실이고, 순간순간
이 삶의 부분 부분이다. 내 뒤에는 과거, 앞에는 미래가 있
다. 내가 지나온 길과 현재는 보여도 미래는 알기 어렵다.
즉 부분의 인생은 보여도, 한눈에 전체를 파악할 수는 없다.
과거와 현재를 알 수는 있지만 어떤 길이 앞에 펼쳐질지 모
른다. 베일에 싸인 미래 때문에 불안하고, 변화도 많아 인
생의 길흉화복吉凶禍福을 예측할 수도 없다. 가까운 사람의
죽음이나 건강, 재산에 따라 내 행복과 불행이 좌우되기도
한다.
하지만 "인생의 고비"를 몇 번 넘기면 마음에 근육이 생
겨 인생사에 일희일비一喜一悲하지 않는다. 오히려 "생소한
분야"에 도전하기도 한다. 가령 바리스타, 명리학 해석, 심
리상담사와 "그러다가 요즘 새로 만난/ 캐드"(「치수」) 같은

129

일과 "이십대 청년 두 명과 클라이밍 강습을 받"(이하 「달인」)고, "부동산사무실을 개업"하는 일 말이다. 또한 사설학원에서 무엇을 배우는지는 알 수 없지만, 밤 10시가 넘어서 귀가하는 버스를 타러 뛰어가는 "달자의 웃음소리"로 "해묵은 상처"와 "지상에 웅어리진 모든 것을 털어"내기도 한다.

「꿀맛」은 한순간의 잘못된 생각과 행동으로 인생의 나락으로 떨어진 "한 남자"를 모티브 삼고 있다. 쑥개떡을 꿀에 찍어 먹던 시인은 "성폭행하려다 실패하고 급기야 살인하고만 한 남자의 현장검증" 방송을 보고 있다. 그곳에 모인 사람들의 반응은 격앙되어 있다. "범인의 얼굴" 공개를 원하자 "형사들이 잠시 그렇게" 한다.

그러자 시인의 시선은 범인의 얼굴이 아닌 그의 얼굴을 공개하라고 아우성치던 사람들에게로 향한다. 공분은 충분히 이해하지만, 예방하지 못한 것에 대한 안타까움과 가까이에서 범인의 얼굴을 보려는 것이 혹시 개인 욕심은 아닌지 "꿀맛"을 통해 아쉬움을 드러낸다. 이 시에서 꿀맛은 시인이 맛본 꿀맛의 중의적 의미와 "그 사람들의 꿀맛"과 "꿀맛을 보려다" 후회의 눈물을 흘리는 한 남자를 통해 세태를 비판하고 있다. 또한 꿀맛의 비유를 통해 인생사를 회화하고 있다.

3주 만에 집에 돌아왔다 오자마자 냉장고 문을 열었다
채소들이 담겨 있던 싱싱고에 난리가 났다 감은 형체는
알아볼 수 없지만 색은 매우 유혹적인 노란 빛 그대로이
다 호박은 구석구석에 검은 꽃이 피고 가지는 쩌낸 지 오

래된 것처럼 몸과 물이 따로 논다 양파는 고약한 냄새를
풍기며 오래 자기를 외면한 섭섭함을 드러냈다

　그것들을 하나하나 들어올리며 생각한다 내 몸이나 마
음 어딘가에 저렇듯 단단했던 것들이 물러지고 상한 것들
로 변해가는 과정을 지켜보는 것이 삶의 여행은 아닐는
지 바닥에 흥건하게 널려 있는 물기들을 행주로 닦아내며
또, 깨닫는다 언젠가는 나의 육체도 거대한 우주 속, 한
줌 물컹거리는 물체로 사라질 것임을

　아기자기 함께 자리잡고 있었던 채소들의 빈자리를 보
며 한 생이 끝난 후 다가올 무無에 대한 생각으로 창가에
서 노닐던 바람의 소멸을 찬찬히 들여다본다
―「인생」 전문

'자화상' 같은 이 시는 3주간의 부재가 가져온 사물의 변
화가 나의 삶에 어떤 의미로 다가오는지를 보여준다. 3주
라는 시간으로 보아 해외여행 혹은 입원으로 짐작되는, 일
상 바깥으로 떠났다가 돌아온 시인(시적 자아)은 집안 사물
의 변화와 마주한다.
　냉장고, 특히 "채소들이 담겨 있던 싱싱고" 안의 변화에
주목한다. 집에 돌아오자마자 냉장고부터 열어봤다는 것
은 여행이나 입원 내내 신경이 쓰였다는 것으로, 어느 정도
의 변화를 짐작하고 있었다는 뜻이다. 예상한 대로 '싱싱고'
안의 감, 호박, 가지, 양파는 형태와 색깔, 곰팡이와 냄새로

가득 차 '싱싱'이라는 말을 무색하게 한다. 여행은 고정되고 반복된 삶의 틀에서 벗어나 지각에 변화와 쇄신을 부여한다. 떠났던 지점으로 회귀해 마주한 첫 장면이 사물의 변화 혹은 변질이다.

시적 자아의 떠남이 내적 충만이라면, 싱싱고 안에 고여 있던 사물의 변화는 외적 상실이다. 집 밖에서 채우고 돌아와서 집안의 것들을 비워야 하는 상황의 반전이다. 변화의 양태도 사물에 따라 가지각색이다. "매우 유혹적인 노란 색"에 형체조차 알아볼 수 없는 감, 곳곳에 검은 곰팡이가 핀 호박, 물러터져 흐물거리는 가지, 풀 썩어 고약한 냄새가 나는 양파 등이 빚어내는 풍경은 "참 끔찍하다". 이 끔찍한 풍경은 '시간'과 '속도'가 만들어낸 환경적 요인이 크지만, 시적 자아의 관심은 몸과 마음 그리고 "내 삶의 조각들"로 향한다. 몸과 마음을 전체로 보기도 하고 분리해서 보기도 하는데, 그 과정 또한 "삶의 여행"이라 인식한다.

이 여행의 요체는 "단단했던 것들이 물러지고 상한 것들" 자체에 있지 않고, 이것들이 "변해가는 과정을 지켜보는 것"에 있다. 자아에 대한 직시는 전체에서 부분으로, 부분에서 전체로 이동하면서 입체적으로 접근하지만, 타자에 대한 관찰은 변화의 양상을 지켜보는 선에서 머물고 있음을 알 수 있다. 여행 중 일상의 바깥에서 지켜본 변화와 집에 돌아와 목격한 사물의 변화가 깨달음의 깊이를 더해준다. 종국에는 "나의 육체도 거대한 우주 속"으로 흔적조차 없이 사라질 거라는 자각이다. 소멸 앞에서는 전체도, 부분도 의미가 없다. 인생은 '허무'하고, 죽으면 "무無"로 돌아간다.

파리 한 마리
사흘 동안
집 안에 들어와
밖으로 나가지 못하고
떠돌고 있다

내 삶도
우주의 어느 한 공간에서
이처럼 떠돌고 있으리
차마
잡을 수가 없다

문 열어도 나가지를 않고
숨어 있다 나타나곤
나타났다간 다시 숨고
잊을 만하면 또다시 찾아온다

미물과 사투를 벌이는 이 순간이
어쩌면 내 전생과 현생
내생까지도 건
싸움일지도 모르지
결코 끊을 수 없는

지울 수 없는
내 한 생生이

겨울 한나절 또 의미 없이

진행되고 있다

—「뫼비우스의 띠」전문

「인생」이 시적 자아가 바깥을 떠났다가 돌아와 마주한 사물의 변화라면, 「뫼비우스의 띠」는 바깥에 존재하는 사물의 틈입으로 일상의 변화를 인식하고 깨닫는다. 이 시에서도 시적 자아는 사물에 적극적으로 개입하지 않고 주체가 아닌 객체로 머문다. 즉 집안에 틈입한 파리를 쫓아내거나 죽이지 않고 문을 열어놓고 나가기를 기다리는 소극적인 행보를 보인다.

집안을 날아다니는 파리를 쫓던 시선은 한순간 '파리'라는 사물에 자아를 투사한다. 그 순간 시적 공간은 비좁은 거처에 머물지 않고 "우주의 어느 한 공간"으로 확산한다. 이런 광폭한 상상력의 이면에는 머묾과 떠돎의 변증법이 작용한다. 파리는 밖에서 안으로 들어와 머무는 것이 떠도는 것이고, 안에 머물던 내가 밖으로 나가 떠도는 것 또한 머무는 것이 된다. 안은 안이면서 밖이 되고, 밖도 밖이면서 안이 된다.

그래서 제목이 시사하는 안과 밖의 구별이 없는 뫼비우스의 띠mobius strip이다. 안과 밖의 구분은 공간의 주체가 누구냐에 따라, 관찰자의 시점에 따라 확연히 달라진다. 겉으로는 파리라는 미물과의 사투지만, 안으로는 자아와의 사투라 할 수 있다. 어쩌면 이보다 더 깊이를 알 수 없는 "전생과 현생/ 내생까지도 건 싸움"일 수도 있다. 우주의 질서

속에서 탄생과 죽음이라는 마주 볼 수 없는 운명의 무한반
복. "결코 끊을 수 없는" 무한궤도에 갇힌 한없이 나약한 존
재의 슬픔이 엿보인다.

모락모락
슬픔이 또 올라온다

—「우울 방정식」 부분

오늘도 슬픔은 가시지 않아
또 한밤이
어제처럼 지나가고 있다

—「슬픔의 무게」 부분

집 앞 찻집에서
식은 커피 몇 모금으로
이십여 년의 시간 사이를 오가며
오늘의 슬픔을 든든하게 챙겨야 함을
새삼 깨닫는다

—「밥」 부분

이다영의 시에서 '슬픔'은 건강한 삶으로 이행하는 과정
에서 겪는 일시적인 감정이지만, '우울'은 내면 깊숙이 침잠
해 몸에 파동을 일으킨다. 「우울 방정식」에서 보듯, 몸과 마
음의 "바다에 넘쳐" 흘러 "넘실거리는 물결로 하루를 점령"
한다. 슬픔에서 발원한 우울이 일상에 지속적으로 영향을

준다. 슬픔은 시간이 지나면 약해지거나 사라지지만, 우울은 쉽게 소멸하지 않고 슬픔이나 불안, 무기력 같은 문제를 수반한다.

「우울 방정식」에서는 "전염병처럼 또 번지기 시작한" 슬픔이 우울증을 불러온다. "사람들로 붐비는" 거리에서 피가 마르고, 심장은 쪼그라들고, 눈동자가 흔들린다. 군중 속에서 찾아온 불안이 무기력으로, 몸과 마음을 무겁게 짓누른다. '불안'이라는 미지수에 '사람들'이라는 특정한 값이 부여되자 "오래된 그 병"이 발병한다.

사르트르에 의하면 불안은 "그 자체의 직접적인 의식이기는 하지만, 세계의 요청의 부정에서 생겨"(『존재와 무』, 동서문화사, 2009)날 뿐 아니라 내가 구속하던 세계로부터나 자신을 벗어날 때 나타난다. 즉 불안은 본질이 아닌 매개 요소로, 자아와 세계를 연결한다. 스스로 구속하고 있던 세계를 벗어난 자아의 불안이 슬픔과 우울을 불러오고, 그 불안은 슬픔과 우울 사이에 존재한다. 하지만 시적 자아는 불안의 감정을 쉽게 노출하지 않는다.

「우울 방정식」에서 "우울이 온 바다에 넘"쳤다면 「슬픔의 무게」에서 우울은 "바다 한가운데서/ 슬픔을 건져 올리려" 애쓴다. 슬픔이 바다 한가운데에서 솟아나고, 이 슬픔에서 발원한 우울은 온 바다를 물들이고도 넘쳐흐른다. 슬픔의 무게를 가늠할 수 없던 시적 자아는 "쉽게 잡히지 않는" 슬픔의 맛을 보는데, 그 맛은 "비릿하기도 하고/ 시큼하기도 하"다. 맛을 본 다음 만져보자, 형태는 없지만 물컹거리는 질감이다. 무게-맛-형태로 이어진 '슬픔의 감별'은 결국 좀

체 모습을 드러내지 않는 슬픔의 실체에 다가가기 위한 것이라기보다 슬픔에서 탈출하려는 노력의 일환으로 보인다. 슬픔의 실체가 무엇인지 인지하고 있지만, 그 슬픔에서 벗어나는 시간이 길어지고 있기 때문에 불안을 매개로 한 우울이 스며들 여지를 주고 있는 셈이다. "슬픔보다 더 무거운 것이 있을까"라는 말은 어떤 말보다 무거운 압박으로 다가온다.

「밥」의 슬픔은 「우울 방정식」, 「슬픔의 무게」의 슬픔과 조금 결이 다르다. 두 시에서 슬픔이 우울을 불러오고 그런 감정이 지속된다면 「밥」에서의 슬픔은 "든든하게 챙겨야" 할 대상이면서 개인적으로 극복해야 할 과제이다. 남편이 먹는 밥의 양이 평소보다 "눈에 띄게 줄"어든 것을 통해 "이 세상에/ 영원한 것은 없다"는 진리를 새삼 떠올리고는 현재와 20여 년 후를 비교한다. 현재의 작은 슬픔을 잘 챙겨야 미래에 찾아오는 큰 슬픔도 잘 견딜 수 있다는 깨달음이다.

이런 인식의 기저에는 제주 여행에서 돌아와 저녁 준비를 할 때 "죽을 때까지 같이 사소"(「생일 선물」)라는 남편의 뜻밖의 사랑 고백과 "평생 알코올중독으로 툭하면 밥상을 엎고 술병을 깨서 죽여버리겠다고 들이대"(이하 「인간사人間事」)던 남편일망정 곁에 있을 때가 나았다는 주변의 이야기에 기인한다. "외로움이/ 죽음의 위협보다" 크고, 사랑은 이성만으로 이해할 수 없는 것이다.

몇 년을 더 부를 수 있을까
괜히 마음이 초조해져

일부러 일을 만들어 전화를 한다

오늘 주제는 오이지

엄마가 평생 담갔던 오이지 방식을 깨우치지 못했다
인터넷 레시피대로 재작년부터인가 만들어보지만

내가 만든 오이지를
남편이 무공해로 가꾸었다고
무공해를 강조하면서 자랑하듯 보고한다

네가 만든 오이지는 다 맛있어

엄마는
내가 보여준 삶도 다 맛있었을까

엄마에게 보낼 오이를 꾹꾹 눌러대며
눈물도 꾹꾹 눌러댄다

—「엄마」전문

「밥」에서 시인은 '영원하지 않은 목록'에 밥과 몸, 그리고
우정과 사랑을 제시한다. 밥은 삶을, 몸은 건강을 상징한다.
우정은 나이를 초월한 주변 사람들과의 관계성과 영원성을
의미한다. 사랑은 부부·부모·자매 등 가족과의 애정/그리움
과 "진짜라고 여겼"(이하 「남원」)거나 "픽션이라고" 느꼈던

사랑이지만 "변하지 않을" 목록에 올리고 싶어한다. 특히 「아버지의 무말랭이」, 「희망」, 「추억의 힘」, 「애인들」 등의 시편에서 친정 부모에 대한 진한 애정과 그리움을 드러낸다.

「엄마」에서 오늘의 주제인 "오이지"는 딸과 엄마를 밀접하게 연결해줄 뿐 아니라 엄마에 대한 사랑과 그리움이 응축되어 있다는 점에서 메타포metaphor에 그치는 않는, '삶의 맛'이다. "아버지 가시고"(「희망」) 홀로 지내는 엄마, "몇 년 더 부를 수 있을"지 알 수 없는 상황에서 나는 "일부러 일을 만들어" 연락한다. 피해갈 수 없는 죽음과 조금 더 오래 엄마를 곁에 두고 싶은 자식의 마음이 겹쳐진다.

엄마의 손맛을 따라가지 못해 "인터넷 레시피"를 따라 오이지를 담근다. "네가 만든 오이지는 다 맛있"다는 엄마의 말에 "내가 보여준 삶"의 맛, 즉 엄마가 바라보는 '나의 삶'을 궁금해한다. 세월의 흐름에 따라 엄마의 손맛에서 나의 손맛으로, 맛을 보는 주체도 나에게서 엄마로 역전된다. 걱정하고 근심하는 대상과 주체, 삶의 주도권도 자연스럽게 넘어간다. "엄마가 평생 담갔던 오이지 방식"이 엄마의 일생이라면 "재작년부터인가 만들어"보는 새로운 방식은 2년 전 "뇌출혈로 입원"(「추억의 힘」)했던 엄마의 '덤 같은 삶'의 연상이다. 삶에서 죽음을, 의식에서 무의식의 문제를 역으로 포착하는 세밀한 시적 방식이라 할 수 있다.

　　남극의 펭귄은 영하 오십 도를 건디고 있다 수백만 마
　리가 무리지어 서로의 등에 기대면 맨 가운데 펭귄 자리
　온도는 영상 3도까지 오른다고 그러면 그 주변의 펭귄들

은 밖으로 나와 가장자리에 있는 동료와 자리를 바꾼다

그 모습만으로도 아름다운 겨울이다

남극으로부터
일만칠천이백사십 킬로미터 거리에 있는 서울로
펭귄의 따뜻한 마음이 전해와
혹한의 크리스마스이브
봄이 온 듯 따스함이 몰려온다

그 온기 속에
몸과 맘이 사정없이 녹아내리고
햇살 반짝반짝 빛나는
또 하나의 겨울날이다

— 「봄날 같은 겨울날」 전문

우리는 영원하지는 않더라도, 진정한 사랑과 "모든 것을
바치"(이하 「세리박에서 클레오파트라까지」)는 헌신적인
사랑을 원한다. "백만 송이 장미"(「중독」)를 "내게 전해줄/
그리운 이를 기다리"(「주인」)는 로망을 꿈꾸기도 한다. "내
생에서는 꿈도 꿀 수 없는" 사랑일 것이다. 한데 시인은 남
극에 사는 황제펭귄의 허들링hudding에서 이상적인 사랑의
모델을 발견한다.
  '허들링'은 알을 품은 황제펭귄들이 한데 모여 서로의 체
온으로 혹한의 겨울 추위를 견디는 방법이다. 무리 전체가

돌면서 바깥쪽과 안쪽에 있는 펭귄들이 계속해서 서로의 위치를 바꿔 "영하 오십도"의 혹한을 견딘다. 그러하면 "맨 가운데 펭귄 자리 온도는 영상 3도까지" 올라 알이 부화한다. 혼자 할 수 없는 일을 공동체적 사랑으로 해결하는데, 서로에 대한 배려와 연대가 없으면 불가능한 일이다.

서울에서 "혹한의 크리스마스이브"를 보내는 시인은 펭귄들의 허들링 모습에서 참된 '아름다움'과 '따스함'을 동시에 느낀다. 남극 펭귄에 "일만칠천이백사십 킬로미터"나 떨어진 서울에 있는 시인이 감응해 "몸과 맘이 사정없이 녹아내"린다. 사랑은 관념이 아닌 실감이라는 시인의 전언과 다름없다.

섬은 온전하다

첫째 날, 발 묶인 우리 일행을 포근하게 감싸안아준 건 안개였다 안개로 인해 출항할 수 없음에도 안개는 말없이 우리 주변에서 서성거렸다 일행은 모두 말이 없다

(중략)

다음날, 네 시간의 항해에 대비해 김밥 한 줄과 멀미약을 준비하고 여객선 대합실로 갔다 한 명씩 배에 오르고 어느 때보다 천천히 김밥을 씹으며 꿈결처럼 인천에 도착했다 무섭도록 강한 햇살이 섬과 섬에서의 모든 기억을 단칼에 베어냈다 기도마저

141

섬은 변함없이 온전하다

—「백령도 표류기」 부분

거기, 섬이 있다. 사람들이 왔다 가도, 자욱한 안개에 풍경이 지워지거나 비바람이 몰아쳐도 섬은 늘 그 자리에 존재한다. 이 시는 백령도 여행을 갔다가 안개와 비바람에 출항하지 못한 상황을 날짜별로 기록하고 있다. 시인은 안개로 발이 묶인 이후 8일간의 행적과 심리 상태를 간략하게 묘사한다. 8일은 입도를 제외한 표류의 날이다. 따라서 일행은 최소 9일을 백령도에 머문 것이다.

첫째 날, 생각이 많아진 "일행은 모두 말이 없"다. 둘째 날, 안개가 "펜션 주변까지 다가"오자, 시인은 "안개 속의 나를 안개도 찾기" 어려울 것이라 한다. 나는 보이지 않을 뿐 거기 있지만, 없는 것과 다름없다. 존재하지만, 존재하지 않는다. 또한 여기/섬에 존재하지만, 저기/뭍에 존재하지 않는다. 셋째 날, 안개에 더해 비가 내리고, 넷째 날에는 비바람까지 분다. 다섯째 날에는 태풍까지 더해진다. 안개-비-비바람-태풍으로 제약의 강도가 세질수록 시인의 반응도 침묵-산책-무기력-기도로 변화를 거듭한다.

여덟째 날에 표류를 끝내고 마침내 "인천에 도착"하자 "섬에서의 모든 기억을 단칼에 베어"낸다. 1연 "섬은 온전하다"는 변함없이 그 자리에 있는 섬의 속성과 "우리 일행"이 백령도에 들어오는 순간에는 주변 여건이 잘못된 게 없다는 것을, 10연 "섬은 변함없이 온전하다"는 일행의 표류나 날씨와 상관없이 섬은 늘 그 자리에 존재한다는 것을 의미한다.

> 내 맘이 자주 그 가족을 따라
> 시의 오지 속으로 들어가는 날
> 혹, 내가
> 안성맞춤 시인으로 조각될 수 있을까

—「시인」 부분

섬에서 나오자마자, 단칼에 베어버린 것이 "섬에서의 모든 기억"뿐일까. "시의 오지 속으로 들어가"려는 것은 '섬에서의 표류'와 단절, 즉 현실적 제약과 "오래된 습관"(「주인」)에서 벗어나 "시 없이는 죽을 것만 같던 때"(「치수」)로 되돌아가고 싶은 욕망의 표현은 아닐까. "변함없이"의 강조와 역설에 주목하면 "시의 오지" 역시 과거와 현재, 미래에도 시를 쓰려는 마음은 변함이 없다는 다짐일 것이다. 또한 뒤에 언술한 "안성맞춤 시인"과 조응해 시적 고립이 아닌 개성 있는 시를 쓰겠다는 의지의 표현일 것이다.

"가끔"이 아니라 "변함없이" 그 자리에 서 있기를 원하는 시인. 이번 시집이 "새로운 중독"(「중독」)으로 쓴 "하나의 풍경"(「치수」)이라면, 다음 시집은 "드디어 백수"(「백수의 꿈」)가 되어 "시의 오지"에서 날카롭게 버린, "새로운 형태의 가시들"을 장착할 것은 불문가지다. 시인의 여생은 "오직/ 한 곳"(「시간의 동굴」), 시를 향해 달려가고 있다.

현대시세계 시인선 172
백령도 표류기

지은이_ 이다영
펴낸이_ 조현석
기   획_ 김정수, 우대식
펴낸곳_ 북인
디자인_ 푸른영토

1판 1쇄_ 2024년 11월 07일
출판등록번호_ 313 - 2004 - 000111
주소_ 121 - 842 서울 마포구 서교동 460 - 34, 501호
전화_ 02 - 323 - 7767
팩스_ 02 - 323 - 7845

ISBN 979-11-6512-172-3   03810
ⓒ이다영, 2024